# POEMAS ESCOLHIDOS

COLEÇÃO 50 ANOS

# POEMAS ESCOLHIDOS

Ferreira Gullar

*Organização*
Walmir Ayala

*Prefácio*
Tristão de Athayde

EDITORA
NOVA
FRONTEIRA

Editora Nova Fronteira Participações S.A.
Rua Candelária, 60 — 7º andar — Centro — 20091-020
Rio de Janeiro — RJ — Brasil
Tel.: (21) 3882-8200 — Fax: (21) 3882-8212/8313

CIP-Brasil. Catalogação na publicação
Sindicato Nacional dos Editores de Livros, RJ

G983p Gullar, Ferreira, 1930-
Poemas escolhidos / Ferreira Gullar ; organização Walmir Ayala. - [Ed. especial] - Rio de Janeiro : Nova Fronteira, 2015.
(Coleção 50 Anos)

ISBN 978-85-209-2270-5

1. Poesia brasileira. I. Ayala, Walmir. II. Título. III. Série.

15-20524 CDD: 869.91
CDU: 821.134.3(81)-1

# Sumário

# Nota do organizador

Conheci Ferreira Gullar no final da década de 1950, quando militávamos no Suplemento Dominical do *Jornal do Brasil*, ele francamente concretista e posteriormente neoconcretista (dissidência que ele provocou e sistematizou), eu infiltrando minha poesia discursiva e mantendo espaço graças à generosidade de uma crítica não radical, apesar das posições estéticas que o suplemento defendia.

Passei a admirar aquele maranhense seco e ardente, sobretudo pelas convicções políticas que ele marcava com coragem e alegria. Depois, comecei a invejar o crítico de arte, compatibilizando com tanta elegância o perene e a vanguarda, dando ao conhecimento histórico aquela dose de fervor que o poeta queira ou não confere a tudo o que toca. Depois o perdi, nos perdemos. Ele exilado, participante, inimigo aberto de um regime de exceção que nos marcou por rasgos de violência e desrespeito à crítica e à liberdade; eu sem vocação para a guerrilha, instalando em momentos cruciais meu repúdio, sem uma militância política propriamente, mas harmonizado com o desejo de paz social, contra a violência e a estupidez da mentalidade militar ostensiva e reinante. Mas tudo acaba, como acabaram a ditadura e o exílio, e o tivemos de volta, hoje instalado como um dos grandes poetas contemporâneos do Brasil.

Ao escolher seu nome para integrar a coleção, tive outra voltagem de prazer, a de reler toda a sua poesia e fruir o gosto da palavra, dando às ideias, sempre, uma luz renovadora. Ao mesmo tempo que toca no imediato, no sujo e no escatológico do mundo, sua vocação de voo cristaliza e transcende. Sua poesia política é principalmente poesia, coisa rara entre tantos escrevinhadores de versos de protesto. Temos nele um homem de raro estofo moral, deixando-se embalar por um lírico refinado, fiel de uma balança de sonho e desejo que soube conservar-se incorruptível no tempo. Quero declarar o prazer com que realizei este trabalho, sobretudo a felicidade de resgatar um universo poético essencial. E de imaginar que estão por aí estes resíduos de beleza, prontos a nos restaurar a confiança no ser humano e na urgência da vida.

*Walmir Ayala*

# Prefácio

## Um murro no muro

Nada de mais saboroso, para um leitor ávido de poesia, e de mais grato para um crítico, mesmo aposentado, do que encontrar contida, em um só frasco, toda uma vida da mais autêntica paixão literária e social. Quando, em moço, troquei sociologia por literatura, meu primeiro cuidado foi desmentir a famosa frase de Verlaine: *Tout le reste est littérature*. O que é resto em literatura é a literatice. Isto é, o que pretende ser literatura, vida vivida integralmente pela palavra, e é apenas veleidade literária ou babados verbais de enfeite e sentimentalismo superficial. Artifício e não arte. Literatura autêntica é vida revivida. Vida ao quadrado. Sentimento de sentimento. Inteligência de inteligência. Verbo do próprio verbo.

Ora, essa paixão pessoal de entrega, de total devotamento a uma tarefa, a uma missão, é o que faz das letras verdadeiras um holocausto e não uma vaidade. Raramente ou mesmo nunca inteiramente puras, sem dúvida. Mas que, mesmo impuras, pelos temas ou pela visão mundana, guardam em si, pelo toque de beleza autêntica que contenham, uma pureza invisível, como expressão consciente e como reflexo inconsciente de uma Fonte, que transcende todas as fontes terrenas. Essa pureza pode ser direta, ou reflexo da luz do sol ou das estrelas nas poças do caminho ou nas águas pútridas dos pântanos, como parte essencial dos poemas de Gullar.

A enorme repercussão de toda uma vida, vivida em estado da maior tensão dolorosa e musical, é o que nos mostra essa visão concentrada de trinta anos de poesia (*Toda poesia* – 1950-1980), desse ponto extremo de um arco poético maranhense que começou com Gonçalves Dias e tem, na poesia de Ferreira Gullar, um ponto... não final. Pois, embora o nosso saudoso e meticuloso Prudentinho tenha dito, do poeta do *Poema sujo*, ser ele a "última voz significativa da poesia", e Vinicius de Moraes o tenha apelidado de "último grande poeta brasileiro" (embora não haja nunca últimos e sim penúltimos, antepenúltimos ou pré-antepenúltimos grandes poetas), apesar disso, podemos realmente dizer que esse herdeiro da musa gonçalvina, embora na outra face da medalha, a existencialista e não a romântica, é realmente um dos grandes das nossas letras. E pode ser incluído no grupo mais atual dos nossos maiores poetas pós-modernistas, a que costumo chamar de planetários. Planetários como os modernistas foram brasílicos. Brasílicos, porque voltados para o redescobrimento antropófago de nossa condição brasílica.

Como os planetários estão hoje voltados ou para o mundo angélico de um Odylo ou um Dom Marcos, ou para o mundo da comunhão humana na luta contra a injúria das condições sociais, em qualquer ponto do nosso planeta, americano, africano, europeu ou asiático. Tudo isso se encontra na poesia lírica, heroica, revolucionária ou mesmo obscena de Ferreira Gullar. Pois, segundo sua própria definição, "a poesia é o presente". Essa presença constante das coisas, das pessoas, dos acontecimentos é como o *leitmotiv* do périplo poético de Ferreira Gullar durante essas três décadas. A primeira parte de sua evolução poética, que ele próprio data de 1950 a 1953, com nome de *A luta corporal*, é como que uma luta de Jacó com o Anjo. Os anjos nele voltam por vezes, como em seu conterrâneo Odylo o levaram até o túmulo, mas em Ferreira Gullar quem venceu foi o anjo negro. Porque o poeta os afugenta:

*Meu anjo da guarda não*
*levo: livro-me enfim*
*desse que como um cão*
*me protege de mim*

Mesmo que não o queira, digo eu... O poema "O inferno" é, para mim, um ponto-chave na sua transmutação poética contínua e da sua nostalgia inconfessada dos anjos. A passagem do anjo negro pelo mundo foi, para ele, definitiva: "Os demônios fugiram mas o fedor do seu hábito (não será hálito? pergunto eu), o perfume de sua imaginação, a catinga real dos ventos intestinais, restam sobre tudo aqui, penetrados em tudo aqui até o cerne." Essa permanência demoníaca no mundo é uma constante em sua visão sombria da realidade poética, que o coloca em oposição patente e constante ao idealismo do seu grande predecessor gonçalvino. Daí a extraordinária precisão com que reponta, em sua obra, a realidade mais cotidiana, ou mais dolorosa, ou mais obscena, ou mais repugnante em toda a sua poesia, no meio de arroubos líricos os mais puros, como esta deliciosa "Cantiga para não morrer", que não consigo não citar na íntegra, por mais que seja um nenúfar solitário num lago de sangue e sofrimento:

*Quando você for se embora*
*moça branca como a neve,*
*me leve*

*Se acaso você não possa*
*me carregar pela mão,*
*menina branca de neve,*
*me leve no coração*

*Se no coração não possa*
*por acaso me levar,*
*moça de sonho e de neve,*
*me leve no seu lembrar*

*E se aí também não possa*
*por tanta coisa que leve*
*já viva em seu pensamento,*
*menina branca de neve,*
*me leve no esquecimento*

Não é maravilhoso de sutileza poética? E isso, no meio do maior tumulto das cidades-monstros que descreve pateticamente, como o Rio de Janeiro. Ou os extraordinários "romances de cordel", em que fala pelo povo e como o povo sofrido do sertão e das cidades nordestinas, com a linguagem mais autêntica dos cantadores. Ou então essas evocações de infância, na sua São Luís natal, não apenas evocadas no exílio, mas representando como que uma nova "Canção do Exílio" romântica, em forma impressionista e provocada pela saudade do Brasil em Buenos Aires, no seu famoso *Poema sujo*, que imortalizou sua poética. Sua passagem pelos artifícios verbotipográficos, ou neoconcretistas, foi rápida. Voltou logo ao seu humaníssimo canto de participação, solitária ou comunitária, num mundo vertiginoso e sofrido, sempre em movimento. Pois quer que "façam a festa/ cantem, dancem/ que eu faço o poema duro/ o poema murro/ sujo/ como a miséria brasileira". Pois anseia por uma poesia "subversiva", que "promete incendiar o país".

A poesia de Ferreira Gullar consegue esse prodígio de vencer os cânones mais primários do "socialismo realista", conseguindo conservar, acima de tudo, a poesia mais pura neste mundo impuro.

***

O realismo socialista se insurgiu contra o esoterismo da arte moderna, repudiado pelas massas e hipertrofiado pelas elites. Essa reação, porém, atribuindo esse esoterismo unicamente à expressão estética da classe burguesa decadente, hipertrofiou por sua vez o verismo natural às massas e mediocrizou a expressão estética, operando uma simples substituição do academicismo burguês da pior espécie por um academicismo proletário do mesmo nível medíocre, à custa da negação da liberdade criadora do artista, seja ele verbal, musical ou plástico. Subordinou a liberdade estética ao conformismo proletário oficial, como o espírito burguês, anterior a Picasso, a Ezra Pound ou a Stravinsky, atrofiou a criatividade do artista, subordinando-o ao academicismo burguês das Escolas de Belas-Artes.

A poesia de um Ferreira Gullar soube evitar, da maneira mais perfeita, esse duplo escolho. Reagiu contra o esteticismo burguês, indiferente aos problemas sociais da miséria, da opressão, da injustiça, sem aceitar, entretanto, a subordinação da liberdade criadora, no caso a poética, aos cânones do academicismo proletário. Mantendo a sua liberdade criadora, ante o dogmatismo oficial do realismo socialista e afirmando o seu direito de criatividade estética antiacadêmica, a poesia social de Ferreira Gullar assume uma posição autêntica, em face desse duplo problema social e cultural moderno, que considero primordial em todos os terrenos, e a que tenho chamado de elitização das massas e massificação das elites. Liberdade e justiça devem sempre coincidir, tanto em política quanto em arte, embora em distinta hierarquia. Em arte, a liberdade supera a justiça. Em política, a justiça supera a liberdade. O lirismo trágico e subversivo de Ferreira Gullar é um pequeno mundo dos problemas mais candentes da beleza poética, deste fim de civilização e de século que estamos vivendo em carne viva, e de que esse grande poeta é uma das vozes mais autênticas.

*Tristão de Athayde**

---

* Pseudônimo de Alceu Amoroso Lima (1893-1983), foi crítico literário, professor, escritor e um dos fundadores do Movimento Democrata-Cristão no Brasil.

# De *A luta corporal*

## POEMAS PORTUGUESES

### 4

Nada vos oferto
além destas mortes
de que me alimento

Caminhos não há
mas os pés na grama
os inventarão

Aqui se inicia
uma viagem clara
para a encantação

Fonte, flor em fogo,
que é que nos espera
por detrás da noite?

Nada vos sovino:
com a minha incerteza
vos ilumino

5

Prometi-me possuí-la muito embora
ela me redimisse ou me cegasse.
Busquei-a na catástrofe da aurora,
e na fonte e no muro onde sua face,
entre a alucinação e a paz sonora
da água e do musgo, solitária nasce.
Mas sempre que me acerco vai-se embora
como se me temesse ou me odiasse.
Assim persigo-a, lúcido e demente.
Se por detrás da tarde transparente
seus pés vislumbro, logo nos desvãos

das nuvens fogem, luminosos e ágeis!
Vocabulário e corpo — deuses frágeis —
eu colho a ausência que me queima as mãos.

## A FERA DIURNA

Agora que as pupilas já tocadas
de pecado — que por quererem dela
a exata imagem, antes que a bela,
a terrível, que nisto o puro existe,
viram na fonte as águas desvendadas
não se impelirem mais que a um sono triste —
o que fora magia são corolas,
da presença da morte alucinadas
— agora, fera, em que mais te consolas?
De que disfarce íntimo se vale
a pedra contra ti? (nada resiste
à limpidez dos olhos sem amor).
Calaste o mundo e o mundo, sem que fale,
não te dará do tempo a flor da flor.

Caminhas entre o céu e o vale. E o vale
onde todo crescer obscuro e assomo

é cego caminhar às abstratas formas
da morte — ó formas exatas
e invioláveis! — fulgor que espera o pomo!
o vale é vale só e te dispensa.
Horizontal solidão, te desconhece
e anula. Estás só, homem sem gnomo!
que o resto é céu recurvo e indiferença.

As sucessivas túnicas do dia
despiu, como se em pranto se negasse,
e em derredor de si rompera espelhos
deslizantes de som e cor, oh melodia
caindo sobre as flores nos vermelhos
e trágicos jardins! Mas eis que a face
da que diurna quer ser sendo noturna,
pela pureza própria corrompida,
se ergue inodora e vã — já morta nasce:
a beleza é mais frágil do que a vida.
Esperamos a morte, sem defesa.
Lúcida espera, enquanto na diuturna
cintilação, te esvais, cristal, estende-
-se em silêncio e veludo, e se propaga
o musgo pelos muros da tristeza.
Curvam-se sobre nós astros e ramos
que esplendem. Soluçamos no que esplende:
o fruto, a rosa, a brisa que te apaga,
as árvores da música. Esperamos.

Talhado por mim mesmo no antessono
de mim, do barro erguera-me, escultura.
A luz de antes de ser dourava as formas
ignoradas de si, madurecia-as.
Até que enfim me soube ser o nono
Orfeu, boca madura, para as cousas
chamar pelo seu nome. Entanto, impura
boca, árvore lúcida, hoje não ousas
florir com tua voz as formas frias.

Adão, Adão, violaste a fonte pura.
Éden não houve, à margem do Pison
meditas. Estás só. Nada te esquece
que águas e nuvens passam. E a esse som,
teu coração — fruto último — emurchece.

## O ANJO

O anjo, contido
em pedra
e silêncio,
me esperava.

Olho-o, identifico-o
tal se em profundo sigilo
de mim o procurasse desde o início.

Me ilumino! todo
o existido
fora apenas a preparação
deste encontro.

### 2

Antes que o olhar, detendo o pássaro
no voo, do céu descesse
até o ombro sólido
do anjo,
        criando-o
— que tempo mágico
ele habitava?

### 3

Tão todo nele me perco
que de mim se arrebentam
as raízes do mundo;

tamanha
a violência de seu corpo contra
o meu,
        que a sua neutra existência
se quebra:
            e os pétreos olhos
            se acendem;
            o facho
emborcado contra o solo, num desprezo
à vida
arde intensamente;
                a leve brisa
                faz mover a sua
                túnica de pedra

4

O anjo é grave
agora.
Começo a esperar a morte.

## GALO GALO

O galo
no saguão quieto.

Galo galo
de alarmante crista, guerreiro,
medieval.

De córneo bico e
esporões, armado
contra a morte,
passeia.

Mede os passos. Para.
Inclina a cabeça coroada

dentro do silêncio
— que faço entre coisas?
— de que me defendo?

Anda

no saguão.
O cimento esquece
o seu último passo.

Galo: as penas que
florescem da carne silenciosa
e o duro bico e as unhas e o olho
sem amor. Grave
solidez.
Em que se apoia
tal arquitetura?

Saberá que, no centro
de seu corpo, um grito
se elabora?
Como, porém, conter,
uma vez concluído,
o canto obrigatório?

Eis que bate as asas, vai
morrer, encurva o vertiginoso pescoço
donde o canto rubro escoa.

Mas a pedra, a tarde,
o próprio feroz galo
subsistem ao grito.

Vê-se: o canto é inútil.

O galo permanece — apesar
de todo o seu porte marcial —

só, desamparado,
num saguão do mundo.
Pobre ave guerreira!

Outro grito cresce
agora no sigilo
de seu corpo; grito
que, sem essas penas
e esporões e crista
e sobretudo sem esse olhar
de ódio,
        não seria tão rouco
e sangrento

        Grito, fruto obscuro
e extremo dessa árvore: galo.
Mas que, fora dele,
é mero complemento de auroras.

## A GALINHA

        Morta
        flutua no chão.
                Galinha.

Não teve o mar nem
quis, nem compreendeu
aquele ciscar quase feroz. Cis-
cava. Olhava o muro,
aceitava-o, negro e absurdo.

        Nada perdeu. O quintal
        não tinha
                qualquer beleza.
                        Agora
as penas são só o que o vento
roça, leves.

Apagou-se-lhe
toda a cintilação, o medo.
Morta. Evola-se do olho seco
o sono. Ela dorme.
Onde? onde?

## O TRABALHO DAS NUVENS

Esta varanda fica
à margem
da tarde. Onde nuvens trabalham.
A cadeira não é tão seca
e lúcida, como
o coração.

Só à margem da tarde
é que se conhece
a tarde: que são as
folhas de verde e vento, e
o cacarejar da galinha e as
casas sob um céu: isso, diante
de olhos.

e os frutos?
e também os
frutos. Cujo crescer altera
a verdade e a cor
dos céus. Sim, os frutos
que não comeremos, também
fazem a tarde
(a vossa
tarde, de que estou à margem).

Há, porém, a tarde
do fruto. Essa
não roubaremos:
tarde

em que ele se propõe a glória de
não mais ser fruto, sendo-o
mais: de esplender, não como astro, mas
como fruto que esplende.
E a tarde futura onde ele
arderá como um facho
efêmero!

Em verdade, é desconcertante para
os homens o
trabalho das nuvens.
Elas não trabalham
acima das cidades: quando
há nuvens não há
cidades: as nuvens ignoram
se deslizam por sobre
nossa cabeça: nós é que sabemos que
deslizamos sob elas: as
nuvens cintilam, mas não é para
o coração dos homens.

A tarde é
as folhas esperarem amarelecer
e nós o observarmos.

E o mais é o pássaro branco que
voa — e que só porque voa e o vemos,
voa para vermos. O pássaro que é
branco
não porque ele o queira nem
porque o necessitemos: o pás-
saro que é branco
porque é branco.

Que te resta, pois, senão
aceitar?
                Por ti e pelo
pássaro pássaro.

## AS PERAS

As peras, no prato,
apodrecem.
O relógio, sobre elas,
mede
a sua morte?

Paremos a pêndula. De-
teríamos, assim, a
morte das frutas?
Oh as peras cansaram-se
de suas formas e de
sua doçura! As peras,
concluídas, gastam-se no
fulgor de estarem prontas
para nada.
O relógio
não mede. Trabalha
no vazio: sua voz desliza
fora dos corpos.

Tudo é o cansaço
de si. As peras se consomem
no seu doirado
sossego. As flores, no canteiro
diário, ardem,
ardem, em vermelhos e azuis. Tudo
desliza e está só.
O dia
comum, dia de todos, é a
distância entre as coisas.
Mas o dia do gato, o felino
e sem palavras
dia do gato que passa entre os móveis,
é passar. Não entre os móveis. Pas-
sar como eu
passo: entre nada.

O dia das peras
é o seu apodrecimento.

É tranquilo o dia
das peras? Elas
não gritam, como
o galo.
        Gritar
para quê? se o canto
é apenas um arco
efêmero fora do
coração?

Era preciso que
o canto não cessasse
nunca. Não pelo
canto (canto que os
homens ouvem) mas
porque can-
tando o galo
é sem morte.

## CARTA DO MORTO POBRE

Bem. Agora que já não me resta qualquer possibilidade de trabalhar-me (oh trabalhar-se! não se concluir nunca!), posso dizer com simpleza a cor da minha morte. Fui sempre o que mastigou a sua língua e a engoliu. O que apagou as manhãs e, à noite, os anúncios luminosos e, no verso, a música, para que apenas a sua carne, sangrenta pisada suja — a sua pobre carne o impusesse ao orgulho dos homens. Fui aquele que preferiu a piedade ao amor, preferiu o ódio ao amor, o amor ao amor. O que se disse: se não é da carne brilhar, qualquer cintilação sua seria fátua; dela é só o apodrecimento e o cansaço. Oh não ultrajes a tua carne, que é tudo! Que ela, polida, não deixará de ser pobre e efêmera. Oh não ridicularizes a tua carne, a nossa imunda carne! A sua música seria a sua humilhação, pois ela, ao ouvir esse falso cantar, saberia compreender: "sou tão abjeta que nem dessa abjeção sou digna." Sim, é no disfarçar que nos banalizamos porque, ao brilhar, todas as cousas são iguais — aniquiladas. Vê o diamante: o brilho é banal, ele é eterno. O eterno é vil! é vil! é vil!

Porque estou morto
é que digo: o apodrecer é sublime e terrível. Há porém os que não apodrecem. Os que traem o único acontecimento maravilhoso de sua existência. Os que, súbito, ao se buscarem, não estão... Esses são os assassinos da beleza, os fracos. Os anjos frustrados, papa-bostas! oh como são pálidos!

Ouçam: a arte é uma traição. Artistas, ah os artistas! Animaizinhos viciados, vermes dos resíduos, caprichosos e pueris. Eu vos odeio! Como sois ridículos na vossa seriedade cosmética!

Olhemos os pés do homem. As orelhas e os pelos a crescer nas virilhas. Os jardins do mundo são algo estranho e mortal. O homem é grave. E não canta, senão para morrer.

4

Tanto o seu estar, rubro e quieto, quanto o meu que se faz e desfaz o ar destas paredes — é queda. Vê-la é dizer-me: sol colhido, resumo de horas atravessadas de aviões e batidas de mar, fechado abismo: oh vertiginoso acúmulo de nadas!

Maçã?
Sirvo-me deste nome como dum caminho para não te tocar, cousa, fera, objeto vermelho e súbito, que o voo de ignorados meteoros amadurecera num quintal da Europa.

(o cometa
de Halley, enquanto escrevo, inventa e queima o seu curso precípite)
Sim, para não te tocar no que não és: forma e cor aqui, e algo mais que o corpo unicamente sabe, festa, explosão, ameaça a este céu atual. O que duras, no agora que já se desprendeu de nós e se ergue acima deste, é uma exata espera de alegria — precipitável na boca, feito um relâmpago. É que tenho vivido, e por isso quanta distância entre nós!

Tu sobre a mesa, eu sobre a
cama. Só o que não és conheço — e só o que não sou te procura, que o ser não caminha no ar. A palavra te cobre — e debaixo dela estás rutilante como um astro ou um pássaro vivo na mão. Separam-nos os vícios do corpo e a presença geral do dia.

(estas palavras como a tua cor, fruta, são as nossas acrobacias, o nosso pobre jogo. O que somos é escuro, fechado, e está sempre de borco. Falamos, gesticulamos, soluçamos, puerilmente, em torno dele — que não nos ouve nem nos conhece. O seu rosto (será esplendente? duma dura luz?) não se ergue jamais; no extremo desconhecimento se esfacelará, dobrado contra o seu ventre de terra. O que somos, o ser, que não somos, não ri, não se move, o dorso velhíssimo coberto de poeira; secas, as suas inúmeras asas, que não são para voar, mas para não voar. O que somos não nos ama: quer apenas morrer ferozmente)

## OS REINOS INIMIGOS

Na luz da tarde eles recomeçam a enterrar o meu rosto
Um céu vertiginoso trabalha, a luminosidade se dilacera

Meu corpo, em suas roupas, tombado feito um clarão entre as
flores da terra, que o vento bate. Onde ele bate sem som

Eles cavam na claridade e cobrem com o barro escuro os teus
cabelos como os teus dentes que brilham Há muitos séculos-
-pó resisto dentro dessa tarde

As árvores do fundo dobram-se na alucinante devoração daquele fim de tempo As formigas e os ratos me espiam debaixo das ásperas primaveras Os homens falavam, mas a sua fala estava morta, a palavra caía nas gramas do chão,
onde se firmam os pés dos que amaldiçoam o morto que eras, o rutilante morto que eras

## OS JOGADORES DE DAMA (FRAGMENTO)

Agora quis descer, e não havia chão; ou descer seria subir? Mas o espaço se perdia sem margem, sempre. Ela, a águia, era o centro. Se se movesse para o alto de si, para baixo de si, ainda seria o centro. Sou o centro, pensava já com certo orgulho, o pássaro. Mas se deu a voar numa só direção, no esbanjamento de seu privilégio. E a sua minúscula figura em marcha assinalava, sempre, uma referência entre um mesmo ponto do vazio e outro qualquer que não se quisesse. Depois, a necessidade de pousar cresceu como um olho de obsessão em seu corpo. E não havia terra. Apenas o ar. O ar, que só era um abismo porque ela estava ali. Voava, e o movimento das asas moía-lhe as articulações. Ela, a águia, sabia (não sabia por quê) que uma águia em voo não deve fechar as asas, e por isso, talvez, gemia e continuava. Agora, o sangue, descendo-lhe das axilas, ensopava-lhe a plumagem do peito. Mas a águia não parou. Não parou nunca (nunca, nunca, etc.). Nem depois que seu corpo começou a rodar, precipitado. Ninguém dirá quando veio a morte. É certo, porém, que ela não teve a alegria de uma última descoberta. Mas vós tereis: ela caía na mesma direção de seu voo, como se o continuasse.

## OS DA TERRA (FRAGMENTO)

Os seres riem num espaço de luzes concisas; é a festa do
escuro

real convívio dos legumes; a água cresce na verdura; o agrado da morte, sorridente, pelo contorno das folhas

a vegetação apagou minha boca violenta; o vento é uma planta da terra, começa a meu lado; arr! destroça as cores em que se apoia o verão!

o som dos pés; as risadas debaixo das águas; os voos; o brilho de nossos braços — oh verdades de uma luz que foge nas acácias!

## CARTA AO INVENTOR DA RODA

O teu nome está inscrito na parte mais úmida de meus testículos suados; inventor, pretensioso jogral dum tempo de riqueza e providências ocultas, cuspo diariamente em tua enorme e curiosa mão aberta no ar de sempres ontens hojeficados pela hipocrisia das máculas vinculadas aos artelhos de alguns plantígrados sem denodo. Inventor, vê, a tua vaidade vem moendo meus ossos há oitocentos bilhões de sóis iguais-desiguais, queimando as duas unhas dos mínimos obscurecidos pela antipatia da proporção inelutável. Inventor da roda, louvado a cada instante, nos laboratórios de Harvard, nas ruas de toda cidade, no soar dos telefones, eu te amaldiçoo, e principalmente porque não creio em maldições. Vem cá, puto, comedor de aranhas e búzios homossexuais, olha como todos os tristíssimos grãos de meu cérebro estão amassados pelo teu gesto esquecido na sucessão parada, que até hoje tua mão desce sobre a madeira sem forma, no cerne da qual todas as mecânicas espreitavam a liberdade que viria de tua vaidade. Pois bem, tu inventaste o ressecamento precoce de minhas afinidades sexuais, de minhas probabilidades inorgânicas, de meus apetites pulverulentos; tu, sacana, cuja mão pariu toda a inquietação que hoje absorve o reino da impossibilidade visual, tu, vira-bosta, abana-cu, tu preparavas aquela manhã, diante de árvores e um sol sem aviso, todo este nefasto maquinismo sevicioso, que rói meu fêmur como uma broca que serra meu tórax num alarma nasal de oficinas de madeira. Eu estou soluçando neste edifício vastíssimo, estou frio e claro, estou fixo como o rosto de Praxíteles entre as emanações da ginástica corruptiva e emancipadora das obliterações documentárias. Eu estou, porque tu vieste, e talhaste duma coxa de tua mãe a roda que ainda roda e esmaga a tua própria cabeça multiplicada na inconformidade vulcânica das engomadeiras e dos divergentes políticos em noites de parricídio. Não te esquecerei jamais, perdigoto, quando me cuspiste o ânus obliterado, e aquele sabor de alho desceu vertiginosamente até as articulações motoras dos passos desfeitos definitivamente pela comiseração dos planetoides ubíquos. Agora estou aqui, eu, roda que talhaste, e que agora te talha e te retalha em todos os açougues de Gênova, e a tua grave ossada ficará à beira dum mar sujo e ignorado, lambido de dia ou de noite pelas ondulações dum mesmo tempo increscido; tua caveira acesa diante dos vendilhões será conduzida em pompa pelos morcegos de Saint-Germain-des-Prés. Os teus dentes, odioso berne deste planeta incorrigível, serão utilizados pelos hermafroditas sem amigos e pelas moças fogosíssimas que às duas da manhã, após toda a sorte de masturbação, enterram na vagina irritada e ingênua os teus queixais, caninos, incisivos, molares, todos, numa saudação à tua memória inexorável.

## DENÚNCIA AO COMISSÁRIO DE BORDO

creia-me, senhor, já não resistiremos a esta sede, este calor, esta mesma repercussão implacável. Se a culpa não é vossa, peça aos acmes que se recusem à participação nos festejos, peça aos jurados que devolvam a aresta do pêndulo, peça, rogue, suplique a todos os íntimos representantes da crença que renunciem à polivalência dos recônditos afazeres de Jório. Faça o que quiser, mas entregue ao mais novo de nós o seu íntegro cortejador de cardúcias. Como julga o amigo que subsistiremos sem a cooperação desse coordenador das dolorosas intromissões que ocorrem sem alarme entre o nosso tão abrigado consolo? Não, não. Não e não; trate de rever as porciúnculas; cuide de nossas obsoletas dosagens, de tudo o que não se encontraria noutro lugar que neste, neste que nós fazemos para o fastio de antigas gerações de gamos. Até as duas horas de hoje, aguardamos as consequências de meu silêncio em face do gordíssimo unificador dos hormônios. Até as duas de hoje. A nós não importa nem a desfalência dos mórbidos estruturadores dum contrassenso, nem tampouco o nenhum tamanho que ostentam à distância esses estupradores de Conselho. O certo é que as novas modorras esgotam a providência esfacelada no ápice deste mesmo controle. Não pretenda se refugiar entre os conventos de Ródia; não julgue que qualquer de nós é capaz do menos desconjuntado desvio, do acesso encontradiço nos pilares da dispneia. Acorremos pelas dentaduras, defloraremos a estância das consternações impedidas, nós, nós, jamais serraremos a parca inconveniência do tédio. Nem sei mais o que lhe jure diante de tão pouca expectativa. Prefiro que as mônicas algemas esqueçam que eu sempre estive cosido à parte mais obscura dos assuntos. Asperge toda a ruína sobre o ombro de Cadmo, cumpra com o seu direito. Se amanhã as novas encomendas violarem este pacto de audácia, recorreremos, sem dúvida, à dura assolação desta irreconhecível paisagem. Adeus. Aceite a improfícua desmoralização de toda posteridade conturbada.

## A FALA (EXCERTOS)

As crianças riem no esplendor das frutas, Vina,
o sol é alegre.
Esta estrada, esta estrada de terra

onde as velhas sem teto se transformam em aves. O sol
é alegre.
Fala-me da ciência. O hálito maduro
em que as folhas crescem donas de sua morte.

Vina, as hortaliças não falam. Me curvo sobre nós
e as minhas asas tocam o teto.
Aonde não chega o amor e o sábado é mais pobre,
lá, ciscamos estes séculos.
Os meus olhos, sábios, sorriem-me de entre as pedras.
Prossegue, eu te escuto, chão, usar a minha língua.
Vejo os teus dentes e o seu brilho. A terra, dizes,
a terra. Prossegue.

(...)

O culto do sol perdeu os homens; os restos de suas asas
rolam nestas estradas por onde vamos ainda.
Aqui é o chão, o nosso. No alto ar as esfinges sorriem.
Seus vastos pés de pedra, entre as flores.

Sopra, velho sopro de fé, vento das épocas
comedor de alfabetos, come o perfil dos mitos, vento
grande rato do ar eriçado de fomes,
                                                galopa

(...)

O teu mais velho canto,
arrastado com sol, varrido
no coração das épocas,
eu o recolho, agora, de entre estas pedras, queimado.
            Tua boca, real,
clareia os campos que perdemos.
Eu jazo detrás da casa, aonde já ninguém vai
(onde a mitologia sopra, perdida dos homens,
entre flores pobres).

Fora, é o jardim, o sol — o nosso reino.
Sob a fresca linguagem, porém,
dentro de suas folhas mais fechadas,
a cabeça, os chavelhos reais de Lúcifer,
esse diurno.

Assim é o trabalho. Onde a luz da palavra
torna à sua fonte,
detrás, detrás do amor,
ergue-se, para a morte, o rosto.

(...)

Flores diurnas, minhas feras,
estas são as máquinas do voo.
A pele do corpo
se incendeia
em vosso inferno verdadeiro.

Eu te violento, chão da vida,
garganta de meu dia.
Em tua áspera luz
governo o meu canto.

(...)

As rosas que eu colho
não são essas, frementes
na iluminação da manhã;
são, se as colho, as dum jardim contrário,
nascido desses, vossos, de sua terrosa
raiz, mas crescido inverso
como a imagem n'água;
aonde não chegam os pássaros
com o seu roubo, no exasperado coração da terra,
floresce, tigre, isento de odor.

# De *O vil metal*

## ESCRITO

A prata é um vegetal como a alface.
Primaveril, frutifica em setembro.
É branca, dúctil, dócil (como diz a Lucy)
e, em março, venenosa.

O cobre é um metal que se extrai da flor do fumo.
Tem o azul do açúcar.
É turvo, doce e disfarçado.

O ouro é híbrido — flor e alfabeto.
Osso de mito, quando oiro é teia de abelha.
A precisão do maduro. Dele se fabricam a urina e a velhice.

## OSWALD MORTO

Enterraram ontem em São Paulo
um anjo antropófago
de asas de folha de bananeira
(mais um nome que se mistura à nossa vegetação tropical)

As escolas e as usinas paulistas
não se detiveram
para olhar o corpo do poeta que anunciara a civilização do
ócio
Quanto mais pressa mais vagar

O lenço em que pela última vez
assoou o nariz
era uma bandeira nacional

Nota:
*Fez sol o dia inteiro em Ipanema*
*Oswald de Andrade ajudou o crepúsculo*
*hoje domingo 24 de outubro de 1954*

## UM HOMEM RI

Ele ria da cintura para cima. Abaixo
da cintura, atrás, sua mão
furtiva
inspecionava na roupa

Na frente e sobretudo no rosto, ele ria,
expelia um clarão, um sumo
servil
feito uma flor carnívora se esforça na beleza da corola
na doçura do mel
Atrás dessa auréola, saindo
dela feito um galho, descia o braço
com a mão e os dedos
e à altura das nádegas trabalhavam
no brim azul das calças
(como um animal no campo na primavera
visto de longe, mas
visto de perto, o focinho, sinistro,
de calor e osso, come o capim do chão)
O homem lançava o riso como o polvo lança a sua tinta e foge
Mas a mão buscava o cós da cueca
talvez desabotoada
um calombo que coçava
uma pulga sob a roupa
qualquer coisa que fazia a vida pior

## POEMA DE ADEUS AO FALADO 56

(no melhor estilo moderno com aliterações, alusões e leve tom de humor e melancolia)

*A Oliveira Bastos e*
*José Carlos Oliveira*

Sexta-feira parto:
até outra vez
Fica de nós, o quarto
Fica de mim, vocês

Fica de nós, o pasto
comum do ar
Eu desde agora pasto
as ervas do lar

Fica de mim o que
de mim lembrarei
O que esqueço é
carne de outro rei

Fica de mim a calça,
o chinelo velho?
Fica o que vai na alça
da alma e do joelho

Fica de vocês
o que comigo vai:
o que era em nós três
órfão de pão e pai

O que não levo e fica
em vocês é pouca
coisa, boiando na rica
saliva de vossa boca

O mais que fica é mais
que o que o verso contém
e o coração refaz:
não é de ninguém

É o que não distingo
no céu com sua vaia
semanal e, domingo,
o pão azul da praia

Esse, se alguém o come,
come-o com tristeza
para matar a fome
que não morre na mesa

Outros à praia vão
queimar a pele, já
que queimado está,
dentro, o coração
por um sol sem nome
a que os homens dão
vários nomes: fome,
preguiça, solidão,

falta de dinheiro.
Clã do Catete, cujo
sol é o mais sujo
do Rio de Janeiro!

Homens de dia dúplice
temos um sol verbal
além desse sol cúmplice
da guarda-pessoal

Sol que se acende, moço,
da boca de quem lê:
fogo-fátuo do osso
do velho Mallarmé

E ainda um girassol
de louça e nostalgia:
flor do 56, que é pia,
oráculo e urinol

Isso deixo — não é meu
E, que o fosse, deixava:
tenho uma alma escrava
de perder o que é meu

Meu anjo da guarda não
levo; livro-me enfim
desse que como um cão
me protege de mim

Deixo-o para a casa
varrer e defender,
e sumir sob a asa
o que quer se perder:

o telegrama, o prato,
o pente, a citação
erudita e o vão
vocábulo exato

## RECADO

Os dias, os canteiros,
deram agora para morrer como nos museus
em crepúsculos de convalescença e verniz
a ferrugem substituída ao pólen vivo.
São frutas de parafina
pintadas de amarelo e afinadas
na perspectiva de febre que mente a morte.

Ao responsável por isso,
quem quer que seja,
mando dizer que tenho um sexo
e um nome que é mais que um púcaro de fogo;
meu corpo multiplicado em fachos.
Às mortes que me preparam e me servem
na bandeja
sobrevivo,
que a minha eu mesmo a faço, sobre a carne da perna,
certo,
como abro as páginas de um livro
— e obrigo o tempo a ser verdade

## VIDA,

                    a minha, a tua,
eu poderia dizê-la em duas
ou três palavras ou mesmo
numa
        *corpo*
sem falar das amplas
horas iluminadas,
das exceções, das depressões
das missões,
dos canteiros destroçados feito a boca
que disse a esperança
        *fogo*
sem adjetivar a pele
que rodeia a carne
os últimos verões que vivemos
a camisa de hidrogênio
com que a morte copula
(ou a ti, março, rasgado
no esqueleto dos santos)

Poderia escrever na pedra
meu nome
        *gullar*
mas eu não sou uma data nem
uma trave no quadrante solar
Eu escrevo
        *facho*
nos lábios da poeira
        *lepra*
        *vertigem*
        *cona*
qualquer palavra que disfarça
e mostra o corpo esmerilado do tempo
        *câncer*
        *vento*
        *laranjal*

## RÉQUIEM PARA GULLAR

Debrucei-me à janela o parapeito tinha uma consistência de sono. "Tenho dito que essas begônias danificam tudo." Meu corpo se dobrou: um maço de folhas olhos coisas por falar engasgadas a pele serena os cabelos no braço de meu pai o relógio dourado. A terra. Há duas semanas exatamente havia uma galinha ciscando perto daquela pimenteira. Alface tomate feijão de corda. É preciso voltar à natureza. Água no tanque água no corpo água solta na pia. A grande viagem mar doce mar copo de flores porcos ao sol ortografia. Mar doce mar. Há certas lembranças que não nos oferecem nada, corpo na areia sol lagoa fria. Bichinhos delicados, o focinho da moça roçando a grama a treva do dia o calor. Hálito escuro o avesso das navalhas do fogo a grande ruína do crepúsculo. É preciso engraxar os sapatos. É preciso cortar os cabelos. É preciso telefonar oh é preciso telefonar. Cominho e farinha seca. Boca de fumo argolas africanas açaí bandeira lanterna. Vinte e poucos anos ao lado do mar à direita à esquerda oh flâmula de sal guerreiros solo vivo. Automóvel e leite. Os domingos cruéis primeiro apeadouro segundo apeadouro aquele que acredita em mim mesmo depois de morto morrerá. Tardes tardas a lente o estojo de ebonite sumaúma pião-roxo tuberculose. A bola e o luto dia sem limite. Cravo-de--defunto. Estearina. Moscas no nariz a língua coagulada na saliva de vidro e açúcar. O esmalte do dente apodrecido já nada tem a ver com o amor a timidez a injustiça social o ensino precário. Amanhã é domingo pede cachimbo. Os barcos cheios de peixes o sol aberto mais um dia findando mas os dias são muitos são demais não lamentemos. Bilhar. Zezé Caveira. Pires cachorro muro carambola cajueiro. O sexo da menina aberto ao verão recendendo como os cajus o inigualável sol da indecência. Jaca verde bago duro guerra aviões camapum merda jarro Stalingrado rabo-torto baba boca cega sujo terra podre brilho umidade cheiro esterco oh jardim negro vazio oh chão fecundo perdido sob as tábuas do assoalho (há sol e não há gente para o sol as estradas vazias as vidas vazias as palavras vazias as cidades mortas a grama crescendo na praça vazia como uma explosão verde num olho vivo) que flores horrorosas brotariam da areia negra cheia de piolhos de rato merda de barata o perfume contrário à nossa espécie diurna o fedor a água mais baixa mais baixa — mãe das usinas. Perfumação. Agulha. Corpo. Alguém cloroformiza alguém com jasmim esta tarde. Algodão. Rádio. Um pássaro rola paralelo ao mar, caindo para o horizonte como uma pedra. Aracati ata açúcar algodão língua branca. O perfume selvagem duas frutas ardiam seu cheiro sobre o fogão rubi garganta hemoptise mastruz formiga-de-açúcar dinheiro enterrado a terra fechada indiferente é como se faláramos há séculos é como se ainda fôssemos falar

língua
serpe de sol
sal pétala poeira pele urina fogo-fátuo rosto flor perfume ferrugem lume
velha coroa do ouro do ido
jardim seco arquivado boca sem carne beijo de todos (não o sexo onde fazer)
o beijo pronto
sem ciúme
para a boca
branca para a boca
preta para a boca
podre

para a matinal
boca do leproso
para a amarga boca
do delator
a boca do chefe do subchefe
do Kubitschek
a repentina boca distraída
a ferida (boca) dos traídos
beijo beijo de todos
trigal das traças
língua
letra e papel
sol de areia
luto
lótus
fruta
fogo branco que as duas Ursas sopram
sua língua
e na terra queimada pelo coração dos homens quando o
crepúsculo
se retira sobre o mar como uma árvore que se arranca um cetro en-
ferrujado
aflorando
ou planta que nascesse chegada a primavera
do ferro
o mar buzina
voz de ostra garganta dos séculos fósseis
corneta
perdida
o que nos diz essa voz de cal?
Gustavo Antero Gumar escrivão de polícia meteorologista jar-
dineiro mar
relógio peixe-sabão tijolo dominical sexo ardendo entre as
goiabas banho
na chuva flores Shirley Temple tesoura raio verde campo moeda
de fogo
acima das ervas fumo-de-corda o sexo aceso como uma lâm-

pada no clarão
diurno sezo acexo nos fumos-de-erva-temple
                                                                                    o vento
levanta o chão de pó em chamas
                                                                                                Beleza oh puta pura
o que te ofereço? o auriverde pendão da minha terra?
o fogo de meu corpo?
                    Na página amarelecida mão de múmia sol mortiço
fulve letras flores da defunta euforia ruínas do canto
                                                                    rosto na relva
despedindo-se
sol que houve de manhã na praia quem o deteve aqui como
um bicho
um pássaro numa gaiola?
                                        o sol triste apodrecendo na página como
um dente
Um operário para trabalhar essas velhas lâminas de metal
agonizante
fazer com ele um copo uma faca uma bomba
                                                Beleza o que desejas?
                                                oh febre oh fel oh pus
                                                oh encanecida saliva
mel podridão calendário lepra sermão olhar descendo a rampa
                    adeus corpo-fátuo

## De *Poemas concretos neoconcretos*

mar azul
mar azul marco azul
mar azul marco azul barco azul
mar azul marco azul barco azul arco azul
mar azul marco azul barco azul arco azul ar azul

De *Dentro da noite veloz*

## MEU POVO, MEU POEMA

Meu povo e meu poema crescem juntos
como cresce no fruto
a árvore nova

No povo meu poema vai nascendo
como no canavial
nasce verde o açúcar

No povo meu poema está maduro
como o sol
na garganta do futuro

Meu povo em meu poema
se reflete
como a espiga se funde em terra fértil

Ao povo seu poema aqui devolvo
menos como quem canta
do que planta

## A BOMBA SUJA

Introduzo na poesia
a palavra diarreia.
Não pela palavra fria
mas pelo que ela semeia.

Quem fala em flor não diz tudo.
Quem me fala em dor diz demais.
O poeta se torna mudo
sem as palavras reais.

No dicionário a palavra
é mera ideia abstrata.
Mais que palavra, diarreia
é arma que fere e mata.

Que mata mais do que faca,
mais que bala de fuzil,
homem, mulher e criança
no interior do Brasil.

Por exemplo, a diarreia,
no Rio Grande do Norte,
de cem crianças que nascem,
setenta e seis leva à morte.

É como uma bomba D
que explode dentro do homem
quando se dispara, lenta,
a espoleta da fome.

É uma bomba-relógio
(o relógio é o coração)
que enquanto o homem trabalha
vai preparando a explosão.

Bomba colocada nele
muito antes dele nascer;
que, quando a vida desperta
nele, começa a bater.

Bomba colocada nele
pelos séculos de fome

e que explode em diarreia
no corpo de quem não come.

Não é uma bomba limpa:
é uma bomba suja e mansa
que elimina sem barulho
vários milhões de crianças.

Sobretudo no Nordeste
mas não apenas ali,
que a fome do Piauí
se espalha de leste a oeste.

Cabe agora perguntar
quem é que faz essa fome,
quem foi que ligou a bomba
ao coração desse homem.

Quem é que rouba a esse homem
o cereal que ele planta,
quem come o arroz que ele colhe
se ele o colhe e não janta.

Quem faz café virar dólar
e faz arroz virar fome
é o mesmo que põe a bomba
suja no corpo do homem.

Mas precisamos agora
desarmar com nossas mãos
a espoleta da fome
que mata nossos irmãos.

Mas precisamos agora
deter o sabotador
que instala a bomba da fome
dentro do trabalhador.

E sobretudo é preciso
trabalhar com segurança
pra dentro de cada homem
trocar a arma da fome
pela arma da esperança.

## MAIO 1964

Na leiteria a tarde se reparte
        em iogurtes, coalhadas, copos
        de leite
        e no espelho meu rosto. São
quatro horas da tarde, em maio.

Tenho 33 anos e uma gastrite. Amo
a vida
        que é cheia de crianças, de flores
        e mulheres, a vida,
esse direito de estar no mundo,
        ter dois pés e mãos, uma cara
        e a fome de tudo, a esperança.
Esse direito de todos
        que nenhum ato
        institucional ou constitucional
        pode cassar ou legar.

Mas quantos amigos presos!
        quantos em cárceres escuros
        onde a tarde fede a urina e terror.
Há muitas famílias sem rumo esta tarde
        nos subúrbios de ferro e gás
onde brinca irremida a infância da classe operária.

        Estou aqui. O espelho
não guardará a marca deste rosto,
        se simplesmente saio do lugar
        ou se morro
        se me matam.

Estou aqui e não estarei, um dia,
em parte alguma.
Que importa, pois?
A luta comum me acende o sangue
e me bate no peito
como o coice de uma lembrança.

## DOIS E DOIS: QUATRO

Como dois e dois são quatro
sei que a vida vale a pena
embora o pão seja caro
e a liberdade pequena
Como teus olhos são claros
e a tua pele, morena

como é azul o oceano
e a lagoa, serena

como um tempo de alegria
por trás do terror me acena

e a noite carrega o dia
no seu colo de açucena

— sei que dois e dois são quatro
sei que a vida vale a pena

mesmo que o pão seja caro
e a liberdade, pequena.

## COISAS DA TERRA

Todas as coisas de que falo estão na cidade
        entre o céu e a terra.
São todas elas coisas perecíveis
        e eternas como o teu riso
        a palavra solidária
        minha mão aberta
ou este esquecido cheiro de cabelo
        que volta
        e acende sua flama inesperada
no coração de maio.

Todas as coisas de que falo são de carne
        como o verão e o salário.
Mortalmente inseridas no tempo,
estão dispersas como o ar
no mercado, nas oficinas,
nas ruas, nos hotéis de viagem.

        São coisas, todas elas,
        cotidianas, como bocas
        e mãos, sonhos, greves,
        denúncias,
acidentes do trabalho e do amor. Coisas,
        de que falam os jornais
        às vezes tão rudes
        às vezes tão escuras
que mesmo a poesia as ilumina com dificuldade.

        Mas é nelas que te vejo pulsando,
        mundo novo,
ainda em estado de soluços e esperança.

## A VIDA BATE

Não se trata do poema e sim do homem
e sua vida
— a mentida, a ferida, a consentida
vida já ganha e já perdida e ganha
outra vez.
Não se trata do poema e sim da fome
de vida,
        o sôfrego pulsar entre constelações
e embrulhos, entre engulhos.
                Alguns viajam, vão
a Nova York, a Santiago
do Chile. Outros ficam
mesmo na Rua da Alfândega, detrás
de balcões e de guichês.
                Todos te buscam, facho
de vida, escuro e claro,
        que é mais que a água na grama
        que o banho no mar, que o beijo
        na boca, mais
        que a paixão na cama.
Todos te buscam e só alguns te acham. Alguns
        te acham e te perdem.
        Outros te acham e não te reconhecem
e há os que se perdem por te achar,
                ó desatino
ó verdade, ó fome
            de vida!
      O amor é difícil
mas pode luzir em qualquer ponto da cidade.
        E estamos na cidade
sob as nuvens e entre as águas azuis.

        A cidade. Vista do alto
ela é fabril e imaginária, se entrega inteira
    como se estivesse pronta.

Vista do alto,
com seus bairros e ruas e avenidas, a cidade
é o refúgio do homem, pertence a todos e a ninguém.

Mas vista
de perto,
revela o seu túrbido presente, sua
carnadura de pânico: as
pessoas que vão e vêm
que entram e saem, que passam
sem rir, sem falar, entre apitos e gases. Ah, o escuro
sangue urbano
movido a juros.

São pessoas que passam sem falar
e estão cheias de vozes
e ruínas. És Antônio?
És Francisco? És Mariana?
Onde escondeste o verde
clarão dos dias? Onde
escondeste a vida
que em teu olhar se apaga mal se acende?
E passamos
carregados de flores sufocadas.

Mas, dentro, no coração,
eu sei,
a vida bate. Subterraneamente,
a vida bate.
Em Caracas, no Harlem, em Nova Délhi,
sob as penas da lei,
em teu pulso,
a vida bate.

E é essa clandestina esperança
misturada ao sal do mar
que me sustenta

esta tarde
debruçado à janela de meu quarto em Ipanema
na América Latina.

## POR VOCÊ POR MIM

A noite, a noite, que se passa? diz
que se passa, esta serpente vasta em convulsão, esta
pantera lilás, de carne
lilás, a noite, esta usina
no ventre da floresta, no vale,
sob lençóis de lama e acetileno, a aurora,
o relógio da aurora, batendo, batendo,
quebrado entre cabelos, entre músculos mortos, na podridão
a boca destroçada já não diz a esperança,
batendo
Ah, como é difícil amanhecer em Thua Thien.
Mas amanhece.

Que se passa em Huê? em Da Nang? No Delta
do Mekong? Te pergunto,
nesta manhã de abril no Rio de Janeiro,
te pergunto,
que se passa no Vietnam?

As águas explodem como granadas, os arrozais
se queimam em fósforo e sangue
entre fuzis
as crianças
fogem dos jardins onde açucenas pulsam
como bombas-relógio, os jasmineiros
soltam gases, a máquina
da primavera
danificada
não consegue sorrir.

Há mortos demais no regaço de Mac Hoa.
Há mortos demais
nos campos de arroz, sob os pinheiros,
às margens dos caminhos que conduzem a Camau.

O Vietnam agora é uma vasta oficina da morte, nos campos
da morte, o motor
da vida gira ao contrário, não
para sustentar a cor da íris,
a tessitura da carne, gira
ao contrário, a desfazer a vida, o maravilhoso aparelho
do corpo, gira
ao contrário das constelações, a vida
ao contrário, dentro
de blusas, de calças, dentro
de rudes sapatos feitos de pano e palha, gira
ao contrário a vida feita morte.
Surdo
sistema de álcool, gira
gira, apaga rostos, mãos,
esta mão jovem
que sabia ajudar o arroz, tecer a palha. Há mortos
demais, há mortes
demais, coisas da infância, a hortelã, os sustos
do amor, *aquela tarde aquela tarde clara, amada,*
*aquela tarde clara* tudo
tudo se dissolve nas águas marrons
e entre nenúfares e limos
a correnteza arrasta para o mar o mar o mar azul

É dia feito em Botafogo.
Homens de pasta, paletó, camisa limpa,
dirigem-se para o trabalho.
Mulheres voltam da feira, as bolsas cheias de legumes.
Crianças passam para o colégio.
As nuvens nuvem
e as águas batem naturalmente em toda a orla marítima.

Nenhuma ameaça pesa sobre a cidade.
As pessoas
marcam encontros, irão ao cinema, à boate, se amarão
nas praias
na cama
nos carros. As pessoas
acertam negócios, marcam viagens, férias.
Nenhuma ameaça
pesa sobre a cidade.
Os barulhos apitos baques rumores
se decifram sem alarma. O avião no céu
vai para São Paulo.
O avião no céu não é um Thunderchief da USAF
que chega trazendo a morte
como em Hanói.
Não é um Thunderchief da USAF que chega
seguido de outros
e outros
da USAF
carregados de bombas e foguetes
como em Hanói
que chega lançando bombas e foguetes
como em Hanói
como em Haiphong
incendiando o porto
destruindo as centrais elétricas
as estradas de ferro
como em Hanói
como em Hoa Bac
queimando crianças com napalm
como em Hanói
como em Chien Tien
como em Don Hoi
como em Tai Minh
como em Vihn Than
como em Hanói

Como pode uma cidade, como pode
uma cidade
resistir
Os americanos estão agora investindo muito no Vietnam
O Vietnam agora nada em ouro
e fogo
Bases aéreas
Arsenais
Depósitos de combustíveis
Laboratórios na rocha
Radar
Foguetes
A ciência eletrônica invade a selva
gases novos, armas novas
O *lazy-dog*
lança em todas as direções mil flechas de aço
o *bull-pup*
procura o alvo com seus 200 quilos de explosivos
o olho-de-serpente
pousa sobre uma casa e espera a hora certa de matar
O Vietnam agora está cheio de arame farpado
de homens louros
farpados
armados
vigiados
cercados
assustados
está cheio de jovens homens louros
e cadáveres jovens
de homens louros
enganados

Próximo à base de Da Nang
que tudo escuta e tudo vê,
próximo à base de Da Nang, esgueira-se
entre árvores um homem,
próximo à base cheia de soldados,

metralhadoras, bombas,
aviões, cheia
de ouvidos e de olhos
eletrônicos, um homem, chamado Tram,
entre as folhas e os troncos que cheiram a noite,
cauteloso se move
entre as folhas da noite, Tram Van Dam,
cauteloso se move
entre as flores da morte
Tram Van Dam
quinze anos se move
entre as águas da noite
dentro da lama
onde bate a aurora
Tram Van Dam
onde bate a aurora
Tram Van Dam
onde bate a aurora
com a sua granada
entre cercas de arame
entre as minas no chão
Tram Van Dam
com o seu coração
Tram Van Dam
onde bate a aurora
por você por mim
sob o fogo inimigo
com o grampo no dente
com o braço no ar
por você por mim
Tram Van Dam
onde bate a aurora
por você por mim
no Vietnam

## BOATO

Espalharam por aí que o poema
é uma máquina
                                        ou um diadema
que o poema
repele tudo que nos fale à pele
e mesmo a pele
de Hiroxima
que o poema só aceita
a palavra perfeita
ou rarefeita
ou quando muito aceita a palavra neutra
pois quem faz o poema é um poeta
e quem lê o poema, um hermeneuta.

Mas como, gente,
se estamos em janeiro de 1967
e é de tarde
e alguns fios brancos já me surgem no pentelho?
Como ser neutro se acabou de chover e a terra cheira
e o asfalto cheira
e as árvores estão lavadas com suas folhas
e seus galhos
                                        existindo?
Como ser neutro, fazer
um poema neutro
se há uma ditadura no país
e eu estou infeliz?
Ora eu sei muito bem que a poesia
não muda (logo) o mundo.
Mas é por isso mesmo que se faz poesia:
porque falta alegria.
E quando há alegria
se quer mais alegria!

## DENTRO DA NOITE VELOZ

Na quebrada do Yuro
eram 13:30 horas
            (em São Paulo
era mais tarde; em Paris anoitecera;
na Ásia o sono era seda)
            Na quebrada
do rio Yuro
a claridade da hora
mostrava seu fundo escuro:
as águas limpas batiam
sem passado e sem futuro.
Estalo de mato, pio
de ave, brisa
nas folhas
            era silêncio o barulho
a paisagem
(que se move)
está imóvel, se move
dentro de si
            (igual que uma máquina de lavar
lavando
            sob o céu boliviano, a paisagem
com suas polias e correntes
            de ar)
            Na quebrada do Yuro
            não era hora nenhuma
            só pedras plantas e águas

### II

Não era hora nenhuma
        até que um tiro
explode em pássaros
e animais
        até que passos

vozes na água rosto nas folhas
peito ofegando
        a clorofila
        penetra o sangue humano
                                        e a história
se move
        a paisagem
        como um trem
                começa a andar
Na quebrada do Yuro eram 13:30 horas

III

Ernesto Che Guevara
teu fim está perto
não basta estar certo
pra vencer a batalha

Ernesto Che Guevara
entrega-te à prisão
não basta ter razão
pra não morrer de bala

Ernesto Che Guevara
não estejas iludido
a bala entra em teu corpo
como em qualquer bandido

Ernesto Che Guevara
por que lutas ainda?
a batalha está finda
antes que o dia acabe

Ernesto Che Guevara
é chegada a tua hora
e o povo ignora
se por ele lutavas

## IV

Correm as águas do Yuro, o tiroteio agora
é mais intenso, o inimigo avança
e fecha o cerco.
        Os guerrilheiros
em grupos pequenos divididos
        aguentam
a luta, protegem a retirada
dos companheiros feridos.
        No alto,
grandes massas de nuvens se deslocam lentamente
sobrevoando países
em direção ao Pacífico, de cabeleira azul.
Uma greve em Santiago. Chove
na Jamaica. Em Buenos Aires há sol
nas alamedas arborizadas, um general maquina um golpe.
Uma família festeja bodas de prata num trem que se aproxima
de Montevidéu. À beira da estrada
muge um boi da Swift. A Bolsa
no Rio fecha em alta
        ou baixa.
Inti Peredo, Benigno, Urbano, Eustáquio, Ñato
castigam o avanço
dos *rangers*.
        Urbano tomba,
        Eustáquio,
        Che Guevara sustenta
o fogo, uma rajada o atinge, atira ainda, solve-se-lhe
        o joelho, no espanto
        os companheiros voltam
        para apanhá-lo. É tarde. Fogem.
A noite veloz se fecha sobre o rosto dos mortos.

## V

Não está morto, só ferido.
Num helicóptero ianque

é levado para Higuera
onde a morte o espera

Não morrerá das feridas
ganhas no combate
mas de mão assassina
que o abate

Não morrerá das feridas
ganhas a céu aberto
mas de um golpe escondido
ao nascer do dia

Assim o levam pra morte
(sujo de terra e de sangue)
subjugado no bojo
de um helicóptero ianque

É o seu último voo
sobre a América Latina
sob o fulgor das estrelas
que nada sabem dos homens
que nada sabem do sonho,
da esperança, da alegria,
da luta surda do homem
pela flor de cada dia

É o seu último voo
sobre a choupana de homens
que não sabem o que se passa
naquela noite de outubro

quem passa sobre seu teto
dentro daquele barulho
quem é levado pra morte
naquela noite noturna

VI

A noite é mais veloz nos trópicos
(com seus
monturos)
na vertigem das folhas na explosão
das águas sujas
surdas
nos pantanais
é mais veloz sob a pele da treva, na
conspiração de azuis
e vermelhos pulsando
como vaginas frutos bocas
vegetais
(confundidos nos sonhos)
ou
um ramo florido feito um relâmpago
parado sobre uma cisterna d'água
no escuro
É mais funda
a noite no sono
do homem na sua carne
de coca
de fome
e dentro do pote uma caneca
de lata velha de ervilha
da Armour Company

A noite é mais veloz nos trópicos
com seus monturos
e cassinos de jogo
entre as pernas das putas
o assalto
a mão armada
aberta em sangue e vida
É mais veloz
(e mais demorada)
nos cárceres

a noite latino-americana
entre interrogatórios
e torturas
(lá fora as violetas)
e mais violenta (a noite)
na cona da ditadura

Sob a pele da treva, os frutos
crescem
conspira o açúcar
(de boca para baixo) debaixo
das pedras, debaixo
da palavra escrita no muro
ABAIX
e inacabada
ó Tlalhuicole
as vozes soterradas da platina
Das plumas que ondularam já não resta
mais que a lembrança
no vento
Mas é o dia (com
seus monturos)
pulsando
dentro do chão
como um pulso
apesar da South American Gold and Platinum
é a língua do dia
no azinhavre
*Golpeábamos en tanto los muros de adobe*
*y era nuestra herencia una red de agujeros*
é a língua do homem
sob a noite
no leprosário de San Pablo
nas ruínas de Tiahuanaco
nas galerias de chumbo e silicose
da Cerro de Pasco Corporation
*Hemos comido grama salitrosa*

*piedras de adobe lagartijas ratones*
*tierra en polvo y gusanos*
até que o dia
(de dentro dos monturos) irrompa
com seu bastão de turquesa

VII

Súbito vimos ao mundo
e nos chamamos Ernesto
Súbito vimos ao mundo
e estamos
na América Latina

Mas a vida onde está?
nos perguntamos
Nas tavernas?
nas eternas
tardes tardas?
nas favelas
onde a história fede a merda?
no cinema?
na fêmea caverna de sonhos
e de urina?
ou na ingrata
faina do poema?
(a vida
que se esvai
no estuário do Prata)

Serei cantor
serei poeta?
Responde o cobre (da Anaconda Copper):
Serás assaltante
e proxeneta
policial jagunço alcagueta

Serei pederasta e homicida?

serei viciado?
Responde o ferro (da Bethlehem Steel):
Serás ministro de Estado
e suicida

Serei dentista?
talvez quem sabe oftalmologista?
otorrinolaringologista?
Responde a bauxita (da Kaiser Aluminium):
serás médico aborteiro
que dá mais dinheiro

Serei um merda
quero ser um merda
Quero de fato viver.
Mas onde está essa imunda
vida mesmo imunda?
No hospício?
num santo
ofício?
no orifício
da bunda?
Devo mudar o mundo,
a República? A vida
terei de plantá-la
como um estandarte
em praça pública?

## VIII

A vida muda como a cor dos frutos
lentamente
e para sempre
A vida muda como a flor em fruto
velozmente

A vida muda como a água em folhas
o sonho em luz elétrica

a rosa desembrulha do carbono
o pássaro, da boca
mas
quando for tempo
E é tempo todo tempo
mas
não basta um século para fazer a pétala
que um só minuto faz
ou não
mas
a vida muda
a vida muda o morto em multidão

## ANTICONSUMO

Como vai longe o dia, Maninho,
em que a gente podia ser comum

Entre ervas burras, folhas molhadas de mamona
e salsa
a gente podia ser
simplesmente
nossas mãos nossos pés nossos cabelos
e o que queimava dentro
no escuro

Como vai longe o tempo como as águas
batendo na amurada
alegremente
como os peixes
vivendo no seu músculo
o mistério do mundo

## PÔSTER

Ajuda saber que existe
em algum ponto do mundo
(na Suíça?)
uma jovem de mais ou menos
um metro e setenta de altura
com uma aurora em cabelos na cabeça
e um dorso dourado
        voraz como a vida.

Ela esteve de pé
entre plantas e flores
numa dessas manhãs em que possivelmente
chovia na Guanabara
        mas não lá
        (na Suíça?)
onde ela posou ao sol
em biquíni
para um fotógrafo profissional.

Aqui está ela agora, impressa em cores,
como um sonho no papel,
mercadoria à venda, fata
morgana
que nos chama
por duas bocas molhadas:
uma à vista
a outra escondida
ambas fechadas (entre-
                fechadas)
uma que fala (ou
              falaria) e sorri
no meio da aurora, civil,
e a outra
calada em muitos lábios
sob o pano:

uma — boca diária
cheirando a dentifrício
e a outra, avara,
como o ouro da urina.

Mas nada disso se sabe
se, do ventre não se ergue a vista
até o rosto onde,
por duas esferas azuis,
de entre pétalas de borboletas,
do fundo do corpo — nos fita
a escondida menina na pantera.

## NO CORPO

De que vale tentar reconstruir com palavras
o que o verão levou
entre nuvens e risos
junto com o jornal velho pelos ares?

O sonho na boca, o incêndio na cama,
o apelo na noite
agora são apenas esta
contração (este clarão)
de maxilar dentro do rosto.
A poesia é o presente.

## A CASA

Debaixo do assoalho da casa
no talco preto da terra prisioneira,
quem fala?
naquela
noite menor sob os pés da família
naquele

território sem flor
debaixo das velhas tábuas
que pisamos pisamos pisamos
quando o sol ia alto
quando o sol já morria
quando o sol já morria
e eu morria
quem fala?
quem falou? quem falará?
na língua de fogo azul do país debaixo da casa?

Fala talvez
ali
a moeda que uma tarde rolou (a moeda uma tarde) rolou
e se apagou naquele solo lunar

Fala
talvez um rato
que nos ouvia de sob as tábuas
e conosco aprendeu a mentir
e amar
(no nosso desamparo de São Luís do Maranhão
na Camboa
dentro do sistema solar
entre constelações que da janela víamos
num relance)

Fala
talvez o rato morto fedendo até secar
E ninguém mais?
E o verão? e as chuvas
torrenciais? e a classe
operária? as poucas
festas de aniversário
não falam?
A rede suja, a bilha
na janela, o girassol

no saguão clamando contra o muro
as formigas
no cimento da cozinha
Bizuza
morta
Maria Lúcia, Adi, Papai
mortos
não falam.
Mas gira, planeta, gira
oceanos azuis da minha vida
sonhos, amores, meus
poemas de ferro,
minha luta comum,
gira,
planeta
E sobre as tábuas
a nossa vida, os nossos móveis,
a cadeira de embalo, a mesa de jantar,
o guarda-roupa
com seu espelho onde a tarde dançava rindo
feito uma menina
E as janelas abertas
por onde o espaço como um pássaro
fugia
sobrevoava as casas e rumava
num sonho
para as cidades do sul

## CANTIGA PARA NÃO MORRER

Quando você for-se embora,
moça branca como a neve,
me leve.

Se acaso você não possa
me carregar pela mão,

menina branca de neve,
me leve no coração.

Se no coração não possa
por acaso me levar,
moça de sonho e de neve,
me leve no seu lembrar.

E se aí também não possa
por tanta coisa que leve
já viva em seu pensamento,
menina branca de neve,
me leve no esquecimento.

## A POESIA

Onde está
a poesia? indaga-se
por toda parte. E a poesia
vai à esquina comprar jornal.
Cientistas esquartejam Púchkin e Baudelaire.
Exegetas desmontam a máquina da linguagem.
A poesia ri.

Baixa-se uma portaria: é proibido
misturar o poema com Ipanema.
O poeta depõe no inquérito:
meu poema é puro, flor
sem haste, juro!
Não tem passado nem futuro.
Não sabe a fel nem sabe a mel:
é de papel.
Não é como a açucena
que efêmera
passa.
E não está sujeito a traça

pois tem a proteção do inseticida.
Creia,
o meu poema está infenso à vida.

Claro, a vida é suja, a vida é dura.
E sobretudo insegura:
"Suspeito de atividades subversivas foi detido ontem
o poeta Casimiro de Abreu."
"A Fábrica de Fiação Camboa abriu falência e deixou
sem emprego uma centena de operários."
"A adúltera Rosa Gonçalves, depondo na 3ª Vara de
Família,
afirmou descaradamente: "Traí ele, sim. O amor acaba,
seu juiz."

O anel que tu me deste
era vidro e se quebrou
o amor que tu me tinhas
era pouco e se acabou
Era pouco? era muito?
Era uma fome azul e navalha
uma vertigem de cabelos dentes
cheiros que traspassam o metal
e me impedem de viver ainda
Era pouco? Era louco,
um mergulho
no fundo de tua seda aberta em flor embaixo
onde eu morria
Branca e verde
branca e verde
branca branca branca branca
E agora
recostada no divã da sala
depois de tudo
a poesia ri de mim
Ih, é preciso arrumar a casa
que Andrey vai chegar

É preciso preparar o jantar
É preciso ir buscar o menino no colégio
lavar a roupa limpar a vidraça
                                        O amor
(era muito? era pouco?
era calmo? era louco?)
                                        passa
A infância
passa
a ambulância
passa
                Só não passa, Ingrácia,
                a tua grácia!
E pensar que nunca mais a terei
real e efêmera (na penumbra da tarde)
como a primavera.
                    E pensar
    que ela também vai se juntar
    ao esqueleto das noites estreladas
            e dos perfumes
                    que dentro de mim gravitam
                    feito pó
(e um dia, claro,
ao acender um cigarro
talvez se deflagre com o fogo do fósforo
seu sorriso
entre meus dedos. E só).

Poesia — deter a vida com palavras?
                    Não — libertá-la,
fazê-la voz e fogo em nossa voz. Po-
                                        esia — falar
                                        o dia
acendê-lo do pó
abri-lo
como carne em cada sílaba, de-
flagrá-lo

        como bala em cada não
        como arma em cada mão

        E súbito da calçada sobe
        e explode
        junto ao meu rosto o pás-
                                saro? o pás-
                                ?
Como chamá-lo? Pombo? Bomba? Prombo? Como?
                                                                      Ele
bicava o chão há pouco
era um pombo mas
        súbito explode
em ajas brulhos zules bulha zalas
                                e foge!
        como chamá-lo? Pombo? Não:
        poesia
        paixão
        revolução

## De *Poema sujo (fragmento)*

Era a vida a explodir por todas as fendas da cidade
sob as sombras da
                                    guerra:
a gestapo a wehrmacht a raf a feb a blitzkrieg catalinas torpedeamentos a quinta-coluna os fascistas os nazistas os comunistas o repórter esso a discussão na quitanda o querosene o sabão de andiroba o mercado negro o racionamento o blackout as montanhas de metais velhos o italiano assassinado na Praça João Lisboa o cheiro de pólvora os canhões alemães troando nas noites de tempestade por cima da nossa casa. Stalingrado
resiste.
Por meu pai que contrabandeava cigarros, por meu primo que passava rifa, pelo tio que roubava estanho à Estrada de Ferro, por seu Neco que fazia charutos ordinários, pelo sargento Gonzaga que tomava tiquira com mel de abelha e trepava com
a janela aberta,
                        pelo meu carneiro manso
                        por minha cidade azul
                        pelo Brasil salve salve,
    Stalingrado resiste.
    A cada nova manhã
    nas janelas nas esquinas na manchete dos jornais

Mas a poesia não existia ainda.
                        Plantas. Bichos. Cheiros. Roupas.
                        Olhos. Braços. Seios. Bocas.
                        Vidraça verde, jasmim.
                        Bicicleta no domingo.

Papagaios de papel.
Retreta na praça.
Luto.
Homem morto no mercado
sangue humano nos legumes.
Mundo sem voz, coisa opaca.

Nem Bilac nem Raimundo. Tuba de alto clangor, lira singela?
Nem tuba nem lira grega. Soube depois: fala humana, voz de
gente, barulho escuro do corpo, entrecortado de relâmpagos
Do corpo. Mas que é o corpo?
Meu corpo feito de carne e de osso.
Esse osso que não vejo, maxilares, costelas,
flexível armação que me sustenta no espaço
que não me deixa desabar como um saco
vazio
que guarda as vísceras todas
funcionando
como retortas e tubos
fazendo o sangue que faz a carne e o pensamento
e as palavras
e as mentiras
e os carinhos mais doces mais sacanas
mais sentidos
para explodir como uma galáxia
de leite
no centro de tuas coxas no fundo
de tua noite ávida
cheiros de umbigo e de vagina
graves cheiros indecifráveis
como símbolos
do corpo
do teu corpo do meu corpo
corpo
que pode um sabre rasgar
um caco de vidro
uma navalha

meu corpo cheio de sangue
que o irriga como a um continente
ou um jardim
circulando por meus braços
por meus dedos
enquanto discuto caminho
lembro relembro
meu sangue feito de gases que aspiro
dos céus da cidade estrangeira
com a ajuda dos plátanos
e que pode — por um descuido — esvair-se por meu
pulso
aberto
Meu corpo
que deitado na cama vejo
como um objeto no espaço
que mede 1,70m
e que sou eu: essa coisa
deitada
barriga pernas pés
com cinco dedos cada um (por que
não seis?)
joelhos e tornozelos
para mover-se
sentar-se
levantar-se
meu corpo de 1,70m que é meu tamanho no mundo
meu corpo feito de água
e cinza
que me faz olhar Andrômeda, Sírius, Mercúrio
e me sentir misturado
a toda essa massa de hidrogênio e hélio
que se desintegra e reintegra
sem se saber pra quê

Corpo meu corpo corpo
que tem um nariz assim uma boca

dois olhos
e um certo jeito de sorrir
de falar
que minha mãe identifica como sendo de seu filho
que meu filho identifica
como sendo de seu pai
corpo que se para de funcionar provoca
um grave acontecimento na família:
sem ele não há José de Ribamar Ferreira
não há Ferreira Gullar
e muitas pequenas coisas acontecidas no planeta
estarão esquecidas para sempre

corpo-facho corpo-fátuo corpo-fato

atravessado de cheiros de galinheiros e rato
na quitanda ninho
de rato
cocô de gato
sal azinhavre sapato
brilhantina anel barato
língua no cu na boceta cavalo-de-crista chato
nos pentelhos
corpo meu corpo-falo
insondável incompreendido
meu cão doméstico meu dono
cheio de flor e de sono
meu corpo-galáxia aberto a tudo cheio
de tudo como um monturo
de trapos sujos latas velhas colchões usados sinfonias
sambas e frevos azuis
de Fra Angelico verdes de
Cézanne
matéria-sonho de Volpi
Mas sobretudo meu
corpo
nordestino

mais que isso
maranhense
mais que isso
sanluisense
mais que isso
ferreirense
newtoniense
alzirense
meu corpo nascido numa porta e janela da Rua dos Prazeres
ao lado de uma padaria
sob o signo de Virgo
sob as balas do 24º BC
na revolução de 30

e que desde então segue pulsando como um relógio
num tic tac que não se ouve
(senão quando se cola o ouvido à altura do meu coração)
tic tac tic tac
enquanto vou entre automóveis e ônibus
entre vitrinas de roupas
nas livrarias
nos bares
tic tac tic tac
pulsando há 45 anos
esse coração oculto
pulsando no meio da noite, da neve, da chuva
debaixo da capa, do paletó, da camisa
debaixo da pele, da carne,
combatente clandestino aliado da classe operária
meu coração de menino

De *Na vertigem do dia*

## DIGO SIM

Poderia dizer
que a vida é bela, e muito,
e que a revolução caminha com pés de flor
nos campos de meu país,
com pés de borracha
nas grandes cidades brasileiras
        e que meu coração
é um sol de esperanças entre pulmões
        e nuvens

Poderia dizer que meu povo
é uma festa só na voz
de Clara Nunes
                no rodar
das cabrochas no carnaval
da Avenida.
            Mas não. O poeta mente.

A vida nós a amassamos em sangue
        e samba
enquanto gira inteira a noite
sobre a pátria desigual. A vida
nós a fazemos nossa
alegre e triste, cantando
        em meio à fome
        e dizendo sim

— em meio à violência e a solidão dizendo
sim —
pelo espanto da beleza
pela flama de Thereza
pelo meu filho perdido
neste vasto continente
por Vianinha ferido
pelo nosso irmão caído
pelo amor e o que ele nega
pelo que dá e que cega
pelo que virá enfim,
não digo que a vida é bela
tampouco me nego a ela:
— digo sim

## LIÇÕES DA ARQUITETURA

*Para Oscar Niemeyer*

No ombro do planeta
(em Caracas)
Oscar depositou
para sempre
uma ave uma flor
(ele não faz de pedra
nossas casas:
faz de asa)

No coração de Argel sofrida
fez aterrissar uma tarde
uma nave estelar
e linda
como ainda há de ser a vida

(com seu traço futuro
Oscar nos ensina
que o sonho é popular)

Nos ensina a sonhar
mesmo se lidamos
com matéria dura:
o ferro o cimento a fome
da humana arquitetura

nos ensina a viver
no que ele transfigura:
no açúcar da pedra
no sonho do ovo
na argila da aurora
na pluma da neve
na alvura do novo

Oscar nos ensina
que a beleza é leve

## MORTE DE CLARICE LISPECTOR

Enquanto te enterravam no cemitério judeu
do Caju
(e o clarão de teu olhar soterrado
resistindo ainda)
o táxi corria comigo à borda da Lagoa
na direção de Botafogo
E as pedras e as nuvens e as árvores
no vento
mostravam alegremente
que não dependem de nós

## UM SORRISO

Quando
com minhas mãos de labareda
te acendo e em rosa
                    embaixo
                    te espetalas
quando
                    com meu facho aceso e cego
penetro a noite de tua flor que exala
urina
e mel
                que busco eu com toda essa assassina
fúria de macho?
                    que busco eu
                              em fogo
                    aqui embaixo?
                    senão colher com a repentina
                    mão do delírio
                    uma outra flor: a do sorriso
                    que no alto o teu rosto ilumina?

## TRADUZIR-SE

Uma parte de mim
é todo mundo;
outra parte é ninguém;
fundo sem fundo.

Uma parte de mim
é multidão;
outra parte estranheza
e solidão.

Uma parte de mim
pesa, pondera;

outra parte
delira.

Uma parte de mim
almoça e janta;
outra parte
se espanta.

Uma parte de mim
é permanente;
outra parte
se sabe de repente.

Uma parte de mim
é só vertigem;
outra parte,
linguagem.

Traduzir uma parte
na outra parte
— que é uma questão
de vida ou morte —
será arte?

De *Barulhos*

## DESPEDIDA

Eu deixarei o mundo com fúria.
Não importa o que aparentemente aconteça,
se docemente me retiro.

De fato
nesse momento
estarão de mim se arrebentando
                    raízes tão fundas
quanto estes céus brasileiros.
Num alarido de gente e ventania
olhos que amei
rostos amigos tardes e verões vividos
estarão gritando a meus ouvidos
        para que eu fique
        para que eu fique

Não chorarei.
Não há soluço maior que despedir-se da vida.

## MANCHA

Em que parte de mim ficou
            aquela mancha azul?
                                    ou melhor, esta
                                    mancha
de um azul que nenhum céu teria

ou teve ou mar?
um azul
que a mão de Leonardo achou
ao acaso e inevitavelmente
e não só:
um azul
que há séculos
numa tarde talvez
feito um lampejo surgiu no mundo
essa cor
essa mancha
que a mim chegou
de detrás de dezenas de milhares de manhãs
e noites estreladas
como um puído
aceno humano.
Mancha azul
que carrego comigo como carrego meus cabelos
ou uma lesão
oculta onde ninguém sabe.

## GLAUBER MORTO

O morto
não está de sobrecasaca
não está de casaca
não está de gravata.

O morto está morto

não está barbeado
não está penteado
não tem na lapela
uma flor
não calça
sapatos de verniz

não finge de vivo
não vai tomar posse
na Academia.

O morto está morto
em cima da cama
no quarto vazio.

Como já não come
como já não morre
enfermeiras e médicos
não se ocupam mais dele.

Cruzaram-lhe as mãos
ataram-lhe os pés.
Só falta embrulhá-lo
e jogá-lo fora.

## PINTURA

Eu sei que se tocasse
com a mão aquele canto do quadro
onde um amarelo arde
me queimaria nele
ou teria manchado para sempre de delírio
a ponta dos dedos.

## MEU POVO, MEU ABISMO

Meu povo é meu abismo.
Nele me perco:
a sua tanta dor me deixa
surdo e cego.

Meu povo é meu castigo
meu flagelo:
seu desamparo,
meu erro.

Meu povo é meu destino
meu futuro:
se ele não vira em mim
veneno ou canto —
                    apenas morro.

## O CHEIRO DA TANGERINA

Com raras exceções
      os minerais não têm cheiro

quando cristais
      nos ferem
quando azougue
      nos fogem

e nada há em nós que a eles se pareça
exceto
os nossos ossos
os nossos
dentes
      que são no entanto
      porosos
e eles não: os minerais não respiram.

E a nada aspiram
      (ao contrário
      da trepadeira
      que subiu até debruçar-se
      no muro
      em frente a nossa casa

em São Luís
para espiar a rua
e sorrir na brisa).

Rígidos em sua cor
os minerais são apenas
extensão e silêncio.
Nunca se acenderá neles
— em sua massa quase eterna —
um cheiro de tangerina.

Como esse que vaza
agora na sala
vindo de uma pequena esfera
de sumo e gomos
e não se decifra nela
inda que a dilacere
e me respingue
o rosto e me lambuze os dedos
feito uma fêmea.

E digo
— tangerina
e a palavra não diz o homem
envolto nessa
inesperada vertigem
que vivo agora
a domicílio
(de camisa branca
e chinelos
sentado numa poltrona) enquanto
a flora inteira
sonha à minha volta
porque nos vegetais
é que mora o delírio.
Já os minerais não sonham
exceto a água

(velha e jovem)
que está no fundo do perfume.

Mineral
ela não tem no entanto forma
ou cor.
Invertebrada
ajusta-se a todo espaço.
Clara
busca as profundezas
da terra
e a tudo permeia
e dissolve
aos sais
aos sóis
traduz um reino no outro
liga
a morte e a vida
ah sintaxe do real
alegre e líquida!

Como o poema, a água
jamais é encontrada em estado puro
e pesa nas flores
como pesa em mim
(mais que meus documentos e roupas
mais que meus cabelos
minhas culpas)
e adquire
em meu corpo
esse cheiro de urina
como
na tangerina
adquire
seu cheiro de floresta.

Esse cheiro

que agora me embriaga
e me inverte a vida
num relance num
relâmpago
e me arrasta de bruços
atropelado
pela cotação do dólar.

E não obstante
se digo — tangerina
não digo a sua fresca alvorada
que é todo um sistema
entranhado nas fibras
na seiva
em que destila
o carbono
e a luz da manhã
(durante séculos
no ponto do universo
onde chove
uma linha azul de vida abriu-se em folhas
e te gerou
tangerina
mandarina
laranja-da-china
para
esta tarde
exalares teu cheiro
em minha modesta residência)
jovem cheiro
que nada tem da noite do gás metano
ou da carne que apodrece
doce, nada
do azinhavre da morte
que certamente
também fascina
e nos arrasta

à sua festa escura
próxima ao coito
anal
ao minete
ao coma
alcoólico
coisas de bicho
não de plantas
(onde a morte não fede)
coisas
de homem
que mente
tortura
ou se joga do oitavo andar

não de plantas e frutas
não dessa
fruta
que dilacero
e que solta
na sala (no século)
seu cheiro
seu grito
sua
notícia matinal.

# Cronologia

1930 – Nasce José Ribamar Ferreira (Ferreira Gullar) em São Luís do Maranhão, a 10 de setembro.

1949 – Publica o primeiro livro de poemas, *Um pouco acima do chão*. É premiado num concurso de poesia promovido pelo *Jornal de Letras*.

1951 – Transfere residência para o Rio de Janeiro, onde passa a colaborar em jornais e revistas, inclusive como crítico de arte.

1954 – Publica *A luta corporal* (poesia), ligando-se em seguida ao grupo de poetas concretistas.

1959 – Desliga-se do grupo concretista e organiza e lidera o grupo neoconcretista, redigindo seu manifesto e sintetizando suas ideias fundamentais no ensaio *Teoria do não objeto*.

1961 – Considerando esgotado o caminho de suas experiências poéticas, volta-se para o movimento de cultura popular, integrando-se ao CPC e à UNE.

1962 – Sua poesia passa a refletir a necessidade de lutar contra a injustiça social. Ingressa temporariamente no campo da poesia de cordel, passando mais tarde a reelaborar a linguagem, até atingir a complexidade dos poemas que viria a publicar em 1975.

1964 – Ocupa o cargo de presidente da UNE, quando acontece o golpe militar. Publica *Cultura posta em questão* (ensaio).

1966 – Com Oduvaldo Vianna Filho, escreve *Se correr o bicho pega, se ficar o bicho come* (teatro).

1967 – Em parceria com Armando Costa e A.C. Fontoura escreve *A saída, onde fica a saída?* (teatro).

1968 – Com Dias Gomes, escreve *Dr. Getúlio, sua vida e sua glória* (teatro).

1969 – Publica *Vanguarda e subdesenvolvimento* (ensaio), propondo um novo conceito de vanguarda estética.

1971 – É forçado a exilar-se do Brasil.

1975 – É editado no Brasil *Dentro da noite veloz* (poesia). Escreve em Buenos Aires o *Poema sujo*.

1976 – *Poema sujo* é publicado no Brasil, e mereceria ser chamado, na opinião de Otto Maria Carpeaux, "poema nacional".

1978 – Volta ao Brasil. Publica *Antologia poética* e *Uma luz do chão* (ensaio).

1980 – Publica *Na vertigem do dia* (poesia) e *Toda poesia*.

1986 – Publica *Crime na flora* (poesia).

1987 – Publica *Barulhos* (poesia).

1989 – Publica *Indagações de hoje* (ensaios), *A estranha vida banal* (crônicas) e *Poemas escolhidos* (antologia), organização de Walmir Ayala. Agraciado com a Ordem Nacional do Cruzeiro do Sul, no grau de comendador.

1990 – Uma tradução do *Poema sujo* é publicada nos Estados Unidos: *Dirty poem*.

1991 – Publica *O formigueiro* (poesia), escrito em 1955. Publicação na Alemanha da antologia *Der grüne Glanz der Tage*.

1992 – Nomeado diretor-presidente do Instituto Brasileiro de Arte e Cultura (Ibac), do Ministério da Cultura, ao qual devolve o antigo nome: Funarte.

1993 – Publica *Argumentação contra a morte da arte* (ensaios).

1995 – Desliga-se da Funarte.

1996 – Publica *Gamação* (narrativa infantojuvenil) e *Nise da Silveira: uma psiquiatra rebelde* (ensaio biográfico).

1997 – Publica *Cidades inventadas* (contos) e, na Espanha, uma tradução do *Poema sujo*.

1998 – Publica *Rabo de foguete* (memórias). Na Colômbia, uma tradução do *Poema sujo* e, no México, uma tradução de *Na vertigem do dia*: *En el vértigo del día*.

1999 – Publica *Muitas vozes* (poesia), Prêmio Jabuti, da Câmara Brasileira do Livro, e Prêmio Alphonsus de Guimaraens, da Fundação Biblioteca Nacional.

2000 – Publica *Um gato chamado gatinho* (infantil) e, em Cuba, uma tradução do *Poema sujo*. Conquista o Prêmio Multicultural do jornal *O Estado de S. Paulo*.

2002 – Conquista o Prêmio Príncipe Claus, do governo da Holanda.

2003 – Publica *Relâmpagos: dizer o ver* (textos sobre arte) e *O touro encantado* (infantojuvenil). Na Holanda, *Morgen is weer geen andere dag* (antologia), em Portugal, *Obra poética* (poesia completa) e, na França, *Dans la nuit véloce* (antologia).

2004 – Publica *Melhores crônicas*, organização de Augusto Sérgio Bastos, e, na Suécia, uma tradução de *Poema sujo*: *Smutsig dikt*. Colabora com crônicas quinzenais para o jornal *Correio Braziliense*.

2005 – Publica *Dr. Urubu e outras fábulas* (infantojuvenil). Em Cuba, *Todos te buscan* (antologia) e, na França, uma tradução do *Poema sujo*: *Poème sale*. Conquista os prêmios Machado de Assis, da Academia Brasileira de Letras, pelo conjunto da obra; Personalidade, da Associação Brasileira de Críticos de Arte; e Literatura, da Fundação Conrado Wessel. Começa a colaborar semanalmente como cronista do jornal *Folha de S. Paulo*.

2006 – Publica *Resmungos* (crônicas), a edição comemorativa dos trinta anos do *Poema sujo* e uma edição não comercial de *Escrito de um habitante do planeta* (romance). Na Espanha, uma tradução de *Barulhos*: *Murmullos*.

2007 – Publica *Experiência neoconcreta* (ensaio) e, na Espanha, *15 poemas* (antologia). Com *Resmungos*, conquista o prêmio Jabuti, de melhor livro na categoria contos e crônicas e Livro do Ano em ficção.

2008 – Publica *Poesia completa, teatro e prosa* (Nova Aguilar), organização de Antonio Carlos Secchin. Na Argentina, uma tradução de *Poema sujo* (*Poema sucio*) e *En el vértigo del día* (antologia).

2010 – Publica *Em alguma parte alguma* (poesia) e *Zoologia bizarra* (colagens e poemas). Conquista o Prêmio Camões, o maior da língua portuguesa, instituído pelos governos do Brasil e de Portugal.

2011 – Conquista o Prêmio Jabuti com o livro de poesia *Em alguma parte alguma*.

2013 – Publica *A menina Cláudia e o rinoceronte* (infantojuvenil).

2014 – Toma posse na cadeira 37 da Academia Brasileira de Letras.

Direção editorial
*Daniele Cajueiro*

Coordenação editorial
*André Seffrin*

Editora responsável
*Maria Cristina Antonio Jeronimo*

Produção editorial
*Adriana Torres*
*Frederico Hartje*

Revisão
*Anna Beatriz Seilhe*

Diagramação
*Elza Maria da Silveira Ramos*

Este livro foi impresso em 2019 para a Nova Fronteira.